U0101451

稼軒長短句卷之四

滿江紅

建康史帥致道席上賦

鵬翼垂空笑人世蒼然無物又還向九重深處玉階山立袖裏珍奇光五色他年要補天西北且歸來談笑護長江波澄碧　佳麗地文章伯金縷唱紅牙拍看尊前飛下日邊消息料想寶香黃閣夢依然畫舫清溪笛待如今端的約鍾山長相識

中秋寄遠

快上西樓怕天放浮雲遮月但喚取玉纖橫管一聲吹裂誰做冰壺涼世界最憐玉斧脩時節問嫦娥孤令有愁無應華髮　雲液滿瓊盃滑長袖舞清歌咽歎十常八九欲磨還缺但願長圓如此夜人情未必看承別把從前離恨總成歡歸時說

中秋

美景良辰算只是可人風月況素節揚輝

按湘浦岸字當是湖南作

長是十分清徹著意登樓贍玉兎何人張幙遮銀闕倩飛廉得得為吹開憑誰說弦與望從圓缺今與昨何區別羡夜來手把桂花堪折安得便登天柱上從容陪伴酬佳節更如今不聽麈談清愁如髮

又

點火櫻桃照一架荼蘼如雪春正好見龍孫穿破紫苔蒼壁乳燕引雛飛力弱流鶯喚友嬌聲怯問春歸不肯帶愁歸腸千結

層樓望春山疊家何在煙波隔把古今遺恨向他誰說蝴蝶不傳千里夢子規叫斷三更月聽聲聲枕上勸人歸歸難得

暮春

可恨東君把春去春來無迹便過眼等閑輸了三分之一晝永暖翻紅杏雨風晴扶起垂楊力更天涯芳草最關情烘殘日

湘浦岸南塘驛恨不盡愁如織算年年辜負對他寒食便恁歸來能幾許風流早已

非疇昔凭畫欄一線數飛鴻沉空碧

又

家住江南又過了清明寒食花徑裏一番風雨一番狼藉紅粉暗隨流水去園林漸覺清陰密算年年落盡刺桐花寒無力　庭院靜空相憶無說處閑愁極怕流鶯乳燕得知消息尺素如今何處也綵雲依舊無踪跡謾教人羞去上層樓平蕪碧

贛州席上呈太守陳季陵侍郎

落日蒼茫風纔定片帆無力還記得眉來眼去水光山色倦客不知身遠近佳人已卜歸消息便歸來只是賦行雲襄王客　些箇事如何得知有恨休重憶但楚天特地暮雲凝碧過眼不如人意事十常八九今頭白笑江州司馬太多情青衫溼

賀王帥宣子平湖南寇

笳鼓歸來舉鞭問何如諸葛人道是匆匆五月渡瀘深入白羽生風貔虎譟青溪路

斷腿麗泣早紅塵一騎落平岡捷書急三萬卷龍頭客渾未得文章力把詩書馬上笑驅鋒鏑金印明年如斗大貂蟬却自兜鍪出待刻公勳業到雲霄浯溪石

又

漢水東流都洗盡髭胡膏血人盡說君家飛將舊時英烈破敵金城雷過耳談兵玉帳冰生頰想王郎結髮賦從戎傳遺業腰間劍聊彈鋏尊中酒堪爲別況故人新擁漢壇旌節馬革裹屍當自誓蛾眉伐性休重說但從今記取楚樓風裴臺月

江行簡楊濟翁周顯先

過眼溪山怪都似舊時曾識還記得夢中行遍江南江北佳處徑須攜杖去能消幾兩平生屐笑塵勞三十九年非長爲客吳楚地東南坼英雄事曹劉敵被西風吹盡了無塵跡樓觀甫成人已去旌旗未卷頭先白歎人生哀樂轉相尋今猶昔

又

敲碎離愁紗窗外風搖翠竹人去後吹簫聲斷倚樓人獨滿眼不堪三月暮舉頭已覺千山綠但試把一紙寄來書從頭讀相思字空盈幅相思意何時足滴羅襟點點淚珠盈掬芳草不迷行客路垂楊只礙離人目最苦是立盡月黃昏欄干曲

又

倦客新豐貂裘敝征塵滿目彈短鋏青蛇

三尺浩歌誰續不念英雄江左老用之可以尊中國歎詩書萬卷致君人翻沉陸休感慨澆醽醁人易老歡難足有玉人憐我爲簪黃菊且置請纓封萬戶竟須賣劍酬黃犢甚當年寂寞賈長沙傷時哭

又

風捲庭梧黃葉墜新涼如洗一笑折秋英同賞弄香挼蘂天遠難窮休久望樓高欲下還重倚拚一襟寂寞淚彈秋無人會

今古恨沉荒壘悲歡事隨流水想登樓靑鬢未堪憔悴極目煙横山數點孤舟月淡人千里對嬋娟從此話離愁金尊裏

冷泉亭

直節堂堂看夾道冠纓拱立漸翠谷羣仙東下珮環聲急誰信天峰飛墮地傍湖干丈開靑壁是當年玉斧削方壺無人識

山木潤瑯玕溼秋露下瓊珠滴向危亭横跨玉淵澄碧醉舞且搖鸞鳳影浩歌莫遣魚龍泣恨此中風物本吾家今爲客

再用前韻

照影溪梅悵絕代佳人獨立便小駐雍容千騎羽觴飛急琴裏新聲風響珮筆端醉墨鴉棲壁是史君文度舊知名今方識

高欲臥雲還溼淸可漱泉長滴快晚風吹帽滿懷空碧寶馬嘶歸紅斾動龍團試水銅瓶泣怕他年重到路應迷桃源客

席間和洪景盧舍人兼司馬漢

集中惟安作詞趙少以其一也

闌道

阮亭所以亦惟安作詞附已

史　使　贈　水碾

嬋字甚佳帽字決是淺人妄改

水字不可對應作碾

席間和洪舍人兼前司馬漢三十

此本兼下落前字便不詞

史當作使

章大監

天與文章看萬斛龍文筆力閒道是一詩曾換千金顏色欲說又休新意思強啼偷笑眞消息算人人合與共乘鸞鑾坡客傾國艷難再得還可恨還堪憶看書尋舊錦衫裁新碧鴛蝶一春花裏活可堪風雨飄紅白問誰家却有燕歸梁香泥溼

送湯朝美司諫自便歸金壇

瘴雨蠻煙十年夢尊前休說春正好故園桃李待君花發兒女燈前和淚拜雞豚社裏歸時節看依然舌在齒牙牢心如鐵活國手封侯骨騰汗漫排閶闔待十分做了詩書勳業當日念君歸去好而今却恨中年別笑江頭明月更多情今宵缺

送李正之提刑入蜀

蜀道登天一盃送繡衣行客還自歎中年多病不堪離別東北看驚諸葛表西南更草相如檄把功名收拾付君侯如椽筆

兒女淚君休滴荊楚路吾能說要新詩準備廬山山邑赤壁磯頭千古浪銅鞮陌上三更月正梅花萬里雪深時須相憶

送信守鄭舜舉被召

湖海平生算不負蒼髯如戟聞道是君王著意太平長策此老自當兵十萬長安正在天西北便鳳凰飛詔下天來催歸急車馬路兒童泣風雨暗旌旗灑看野梅官柳東風消息莫向蔗菴追語笑只今松竹無顏色問人間誰管別離愁杯中物

和楊民瞻送祐之弟還侍浮梁

塵土西風便無限淒涼行色還記取明朝應恨今宵輕別珠淚爭垂華燭暗雁行欲斷哀箏切看扁舟幸自澀清溪休催發白石路長亭側千樹柳千絲結怕行人西去棹歌聲闋黃卷莫教詩酒污玉階不信仙凡隔但從今伴我又隨君佳哉月

遊南巖和范先之韻

笑拍洪崖問千丈翠巖誰削依舊是西風白鳥北村南郭似整復斜僧屋亂欲吞還吐林煙薄覺人間萬事到秋來都搖落呼斗酒同君酌更小隱尋幽約且丁甯休負北山猿鶴有鹿從渠求鹿夢非魚定未知魚樂正仰看飛鳥却應人回頭錯

和范先之雪

天上飛瓊畢竟向人間情薄還又跨玉龍歸去萬花搖落雲破林梢添遠岫月明屋角分層閣記少年駿馬走韓盧掀東郭

吟凍雁嘲飢鵲人已老歡猶昨對瓊瑤滿地與君酬酢最愛霏霏迷遠近卻收擾擾還空濶待羔兒酒罷又烹茶揚州鶴

病中俞山甫教授訪別病起寄之

曲几團蒲記方丈君來問疾更夜雨匆匆別去一盃南北萬事莫侵閑鬢髮百年正要佳眠食最難忘此語重殷勤千金直

西崦路東巖石攜手處今塵迹望重來猶
有舊盟如日莫信蓬萊風浪隔垂天自有
扶搖力對梅花一夜苦相思無消息

餞鄭衡州厚卿席上再賦

莫折荼蘼且留取一分春色還記得青梅
如豆共伊同摘少日對花渾醉夢而今醒
眼看風月恨牡丹笑我倚東風頭如雪
榆莢陣菖蒲葉時節換繁華歇算怎禁風
雨怎禁鶗鴂老冉冉兮花共柳是棲棲者

蜂和蝶也不因春去有閒愁因離別

送徐行仲歸韓

絕代佳人曾一笑傾城傾國休更歎舊時
青鏡而今華髮明日伏波堂上客老當益
壯翁應說恨苦遭鄧禹笑人來長寂寂
詩酒社江山筆松菊徑雲煙屐怕一觴一
詠風流絃絕我夢橫江孤鶴去覺來卻與
君相別記功名萬里要吾身佳眠食

又

宣南時作（辛亥壬子間）次首同

紫陌飛塵望十里雕鞍繡轂春未老已驚臺榭瘦紅肥綠睡雨海棠猶倚醉舞風楊柳難成曲問流鶯能說故園無曾相熟巖泉上飛鳧浴巢林下棲禽宿恨荼蘼開晚謾翻船玉蓮社豈堪談昨夢蘭亭何處尋遺墨但羈懷空自倚鞦韆無心蹴

盧國華由閩憲移漕建安陳端仁給事同諸公餞別余爲酒困臥清涂堂上三鼓方醒國華賦詞留別席上和韻青涂端仁堂名也

（盧憲移漕並亭）

宿酒醒時算只有清愁而已人正在清涂堂上月華如洗紙帳梅花歸夢覺蓴羹鱸鱠秋風起問人生得意幾何時吾歸矣君若問相思事料長在歌聲裏這情懷只是中年如此明月何妨千里隔顧君與我如何耳向尊前重約幾時來江山美

和盧國華

漢節東南看駟馬光華周道須信是七閩還有福星來到庭草自生心意足榕陰不動秋光好問不知何處著君侯蓬萊島還自笑人今老空有恨縈懷抱記江湖十載厭持旌纛護落我材無所用易除殆類無根潦但欲搜好語謝新詞羞瓊報

山居即事 丙

幾箇輕鷗來點破一泓澄綠更何處一雙鸂鶒故來爭浴細讀離騷還痛飲飽看脩竹何妨肉有飛泉日日供明珠五千斛春雨滿秧新穀閑日永眠黃犢看雲連麥隴雪堆蠶簇若要足時今足矣以爲未足何時足被野老相扶入東園枇杷熟

和傅巖叟香月韻

半山佳句最好是吹香隔屋又還怪冰霜側畔蜂兒成簇更把香來薰了月却教影去斜侵竹似神清骨冷住西湖何由俗根老大穿坤軸枝夭嫋蟠龍斛快酒兵長

俊詩壇高築一再人來風味惡兩三盃後
花緣熟記五更聯句失彌明龍啣燭

壽趙茂嘉郎中前章記兼濟倉
事

我對君侯怪長見兩眉陰德還夢見玉皇
金闕姓名仙籍舊歲炊煙渾欲斷被公扶
起千人活算胸中除却五車書都無物
山左右溪南北花遠近雲朝夕看風流杖
屨蒼髯如戟種柳已成陶令宅散花更滿
維摩室勸人間且住五千年如金石

呈趙晉臣敷文

老子平生原自有金盤華屋還又要萬間
寒士眼前突兀一舸歸來輕似葉兩翁相
對清如鵠道如今吾亦愛吾廬多松菊
人道是荒年穀還又似豐年玉甚等閑却
爲鱸魚歸速野鶴溪邊留杖屨行人牆外
聽絲竹問近來風月幾篇詩三千軸

游清風峽和趙晉臣敷文韻

兩峽嶄巖問誰占清風舊築更滿眼雲來鳥去澗紅山綠世上無人供笑傲門前有客休迎肅怕凄涼無物伴君時多栽竹風采妙凝冰玉詩句好餘膏馥嘆只今人物一夔應足人似秋鴻無定住事如飛彈須圓熟笑君侯陪酒又陪歌陽春曲

木蘭花慢

席上送張仲固帥興元

漢中開漢業問此地是耶非想劒指三秦君王得意一戰東歸追亡事今不見但山川滿目淚沾衣落日胡塵未斷西風塞馬空肥　一篇書是帝王師小試去征西更草草離筵匆匆去路愁滿旌旗君思我回首處正江涵秋影雁初飛安得車輪四角不堪帶減腰圍

滁州送范倅

老來情味減對別酒怯流年況屈指中秋十分好月不照人圓無情水都不管共西

花庵管作等

花庵承明作恩給

風只管送歸船秋晚蓴鱸江上夜深兒女燈前征衫便好去朝天玉殿正思賢想夜半承明留教視草却遣籌邊長安故人問我道愁腸殢酒只依然目斷秋霄落雁醉來時響空弦

題上饒郡圃翠微樓

舊時樓上客愛把酒對南山笑白髮如今天教放浪來往其間登樓更誰念我却囘頭西北望層欄雲雨珠簾畫棟笙歌霧鬢風鬟近來堪入畫圖看父老願公歡甚拄笏悠然朝來爽氣正爾相關難忘使君後日便一花一草報平安與客攜壺且醉雁飛秋影江寒

寄題吳克明廣文菊隱

路傍人怪問此隱者姓陶不甚黃菊如雲朝吟暮醉喚不囘頭縱無酒成悵望只東籬搔首亦風流與客朝飡一笑落英飽便歸休古來堯舜有巢由江海去悠悠待

有奇意境

說與佳人種成香草莫怨靈脩我無可無
不可意先生出處有如丘聞道問津人過
殺雞爲黍相留

中秋飲酒將旦客謂前人詩詞
有賦待月無送月者因用天問
體賦

可憐今夕月向何處去悠悠是別有人間
那邊纔見光景東頭是天外空汗漫但長
風浩浩送中秋飛鏡無根誰繫姮娥不嫁

誰留。謂經海底問無由恍惚使人愁怕
萬里長鯨從橫觸破玉殿瓊樓蝦蟆故堪
浴水問云何玉兔解沈浮若道都齋無恙
云何漸漸如鉤

稼軒長短句卷之四終

稼軒長短句卷之五

水龍吟

登建康賞心亭

楚天千里清秋水隨天去秋無際遙岑遠目獻愁供恨玉簪螺髻落日樓頭斷鴻聲裏江南游子把吳鉤看了欄干拍徧無人會登臨意　休說鱸魚堪膾儘西風季鷹歸未求田問舍怕應羞見劉郎才氣可惜流年憂愁風雨樹猶如此倩何人喚取紅巾翠袖揾英雄淚

甲辰歲壽韓南澗尚書

渡江天馬南來幾人眞是經綸手長安父老新亭風景可憐依舊夷甫諸人神州沉陸幾曾回首算平戎萬里功名本是眞儒事公知否　況有文章山斗對桐陰滿庭清晝當年墮地而今試看風雲奔走綠野風煙平泉草木東山歌酒待他年整頓乾坤事了爲先生壽

甲

次年南澗用韻爲僕壽僕與公生日相去一日再和以壽南澗

玉皇殿閣微涼看公重試薰風手高門晝戟桐陰閒道靑靑如舊蘭佩空芳蛾眉誰妒無言搔首甚年年却有呼韓塞上人爭問公安否　金印明年如斗向中州錦衣行晝依然盛事貂蟬前後鳳麟飛走富貴浮雲我評軒冕不如盃酒待從公痛飲八千餘歲伴莊椿壽

乙

盤園任子嚴安撫挂冠得請客以高風名其堂書來索詞爲賦

斷崖千丈孤松挂冠更在松高處平生袖手故應休矣功名良苦笑指兒曹人間醉夢莫嗔驚汝問黃金餘幾旁人欲說田園計君推去　嘆息薌林舊隱對先生竹窗松戶一花一草一觴一詠風流杖屨野馬塵埃扶搖下視蒼然如許恨當年九老圖中忘却畫盤園路

南澗壽吳侍郎詞見載江湖錄
附刻南澗詩餘已采入

稼軒生日岳老謂以詞知當與南澗同
澗同生於五月 南澗壽詞云南風
五月江波又云正菖蒲葉老芙蕖
未嫩亦是五月也下游如 一閣

花庵

花庵行作如

細玩南澗壽詞知
以稼軒乙巳年爲在
湖南安撫無知澤
州任且題爲壽辛
侍郎知當時尚加此
官耳

花庵蘇樓作拉樓

盤園任師子嚴挂冠得請取放公書
中注以高風名其堂東宮詞爲趙水
龍吟薌林侍郎向子諲所居高宗
皇帝御書所賜名也與盤園相並云

寄題京口范南伯知縣家文官花花先白次緋次紫唐會要載學士院有之

倚欄看碧成朱等閒褪了香袍粉上林高選匆匆又換紫雲衣潤幾許春風朝薰莫染爲花忙損笑舊家桃李東塗西抹有多少淒涼恨　擬倩流鶯說與記榮華易消難整人間得意千紅萬紫轉頭春盡白髮憐君儒冠曾悞平生官冷算風流未減年年醉裏把花枝問

題雨巖巖類今所畫觀音普陁巖中有泉飛出如風雨聲

普陀大士虛空翠巖誰記飛來處蜂房萬點似穿如礙玲瓏窗戶石髓千年已垂未落嶙峋冰柱有怒濤聲遠落花香在人疑是桃源路　又說春雷鼻息是臥龍彎環如許不然應是洞庭張樂湘靈來去我意長松倒生陰壑細吟風雨竟茫茫未曉只

丁鈔本 又何廉也下有小注 梁肉事見前 五字

應白髮是開山祖

瓢泉

稼軒何必長貧放泉簷外瓊珠瀉樂天知命古來誰會行藏用舍人不堪憂一瓢自樂賢哉回也料當年曾問飯蔬飲水何爲是栖栖者　且對浮雲山上莫匆匆去流山下蒼顏照影故應零落輕裘肥馬遶齒冰霜滿懷芳乳先生飲罷笑挂瓢風樹一鳴渠碎問何如啞

用瓢泉韻戲陳仁和兼簡諸葛元亮且督和詞

被公驚倒瓢泉倒流三峽詞源瀉長安紙貴流傳一字千金爭舍割肉懷歸先生自笑又何廉也但喞盃莫問人間豈有如孺子長貧者　誰識稼軒心事似風乎舞雩之下回頭落日蒼茫萬里塵埃野馬更想隆中卧龍千尺高吟纔罷倩何人與問雷鳴瓦釜甚黃鍾啞

用些語再題瓢泉歌以飲客聲語甚諧客皆爲之釂

聽兮清珮瓊瑤些。明兮鏡秋毫些。君無去此。流昏漲膩生蓬蒿些。虎豹甘人渴而飲汝。寧猿猱些。大而流江海覆舟如芥。君無助狂濤些。路險兮山高些。愧余獨處無聊些。冬槽春盎歸來爲我製松醪些。其外芬芳團龍片鳳煮雲膏些。古人兮既往嗟余之樂樂簞瓢些。

過南澗雙溪樓

舉頭西北浮雲。倚天萬里須長劍。人言此地。夜深長見。斗牛光焰。我覺山高。潭空水冷。月明星淡。待燃犀下看。凭欄卻怕。風雷怒。魚龍慘。　峽束蒼江對起。過危樓。欲飛還斂。元龍老矣。不妨高臥。冰壺涼簟。千古興亡。百年悲笑。一時登覽。問何人又卸片帆沙岸。繫斜陽纜。

愛李延年歌淳于髡語合爲詞

總是昭明不猜狡獪

庶幾高唐神女洛神賦之意云

昔時曾有佳人翩然絕世而獨立未論一顧傾城再顧又傾人國甯不知其傾城傾國佳人難再得看行雲行雨朝朝莫莫陽臺下襄王側　堂上更闌燭滅記主人留髡送客合尊促坐羅襦襟解微聞薌澤當此之時止乎禮義不淫其色但啜其泣矣啜其泣矣又何嗟及

別傅先之提舉時先之有召命

只愁風雨重陽思君不見令人老行期定否征車幾輛去程多少有客書來長安却早（去聲）傳聞追詔問歸來何日君家舊事直須待為霖了　從此蘭生蕙長吾誰與玩茲芳草自憐拙者功名相避去如飛鳥只有良朋東阡西陌安排似巧到如今巧處依前又拙把平生笑

又

老來曾識淵明夢中一見參差是覺來幽

恨停觴不御欲歌還止白髮西風折腰五斗不應堪此問北窗高卧東籬自醉應别有歸來意　須信此翁未死到如今凜然生氣吾儕心事古今長在高山流水富貴他年直饒未免也應無味甚東山何事當時也道爲蒼生起

摸魚兒

淳熙己亥自湖北漕移湖南同官王正之置酒小山亭爲賦

更能消幾番風雨匆匆春又歸去惜春長怕花開早何況落紅無數春且住見說道天涯芳草無歸路怨春不語算只有殷勤畫簷蛛網盡日惹飛絮　長門事準擬佳期又誤蛾眉曾有人妒千金縱買相如賦脉脉此情誰訴君莫舞君不見玉環飛燕皆塵土閑愁最苦休去倚危欄斜陽正在煙柳斷腸處

觀潮上葉丞相

望飛來半空鷗鷺須臾動地鼙鼓截江組練驅山去鏖戰未收貔虎朝又莫悄慣得吴兒不怕蛟龍怒風波平步看紅旆驚飛跳魚直上蹙踏浪花舞　憑誰問萬里長鯨吞吐人間兒戲千弩滔天力倦知何事白馬素車東去堪恨處人道是屬鏤怨憤終千古功名自誤謾教得陶朱五湖西子一舸弄煙雨

雨巖有石狀甚怪取離騷九歌名曰山鬼因賦摸魚兒改名山鬼謠

問何年此山來此西風落日無語看君似是羲皇上直作太初名汝溪上路算只有紅塵不到今猶古一盃誰舉笑我醉呼君崔嵬未起山鳥覆盃去　須記取昨夜龍湫風雨門前石浪掀舞四更山鬼吹燈嘯驚倒世間兒女依約處還問我清遊杖屨公良苦神交心許待萬里攜君鞭笞鸞鳳

誦我遠遊賦。石泯菴外巨石也長三十餘丈

西河

送錢仲耕自江西漕移守婺州

西江水。道似西江人泪。無情却解送行人。月明千里。從今日。日倚高樓。傷心煙樹如薺。 會君難別君易。草草不如人意。十年著破繡衣茸。種成桃李。問君可是厭承明。東方鼓吹千騎。 對梅花更消一醉。看明年調鼎風味。老病自憐憔悴。過吾廬定有幽人相問。歲晚淵明歸來未。

永遇樂

送陳仁和自便東歸陳至上饒之一年得子甚喜

紫陌長安看花年少無限歌舞白髮憐君尋芳較晚捲地驚風雨問君知否鴟夷載酒不似井瓶身誤細思量悲歡夢裏覺來總無尋處 芒鞋竹杖天教還了千古玉溪佳句落魄東歸風流贏得掌上明珠去

起看青鏡南冠好在拂了舊時塵土向君
道雲霄萬里這回穩步

梅雪

怪底寒梅一枝雪裏直恁愁絕問訊無言
依稀似妬天上飛英白江上一夜瓊瑤萬
頃此段如何妬得細看來風流添得自家
越樣標格　晚來樓上對花臨鏡學作半
粧宮額著意爭妍那知却有人妬花顏色
無情休問許多般事且自訪梅踏雪待行

過溪橋夜半更邀素月

戲賦辛字送茂嘉十二弟赴調

烈日秋霜忠肝義膽千載家譜得姓何年
細參辛字一笑君聽取艱辛做就悲辛滋
味總是辛酸辛苦更十分向人辛辣椒桂
搗殘堪吐　世間應有芳甘濃美不到吾
家門戶比著兒曹纍纍却有金印光垂組
付君此事從今直上休憶對牀風雨但贏
得鞾紋縐面記余戲語

嘉泰四年甲子作 公年六十五

紹興三十二年公以忠義軍掌書記奉表歸朝 嘉泰四年公知鎮江府相距恰四十三年 别本烽火或作烽火非此句已言歸朝時出入烽火中耳

檢校停雲新種杉松戲作時欲作親舊報書紙筆偶爲大風吹去末章因及之

投老空山萬松手種政爾堪嘆何日成陰吾年有幾似見兒孫晚古來池館雲煙草棘長使後人淒斷想當年良辰已恨夜闌酒空人散　停雲高處誰知老子萬事不關心眼夢覺東窗聊復爾爾起欲題書簡霎時風怒倒翻筆硯天也只教吾懶又何事催詩急雨片雲斗暗

京口北固亭懷古

千古江山英雄無覓孫仲謀處舞榭歌臺風流總被雨打風吹去斜陽草樹尋常巷陌人道寄奴曾住想當年金戈鐵馬氣吞萬里如虎　元嘉草草封狼居胥贏得倉皇北顧四十三年望中猶記烽火揚州路可堪回首佛狸祠下一片神鴉社鼓憑誰問廉頗老矣尚能飯否

歸朝歡

靈山齊菴菖蒲港皆長松茂林獨野櫻花一株山上盛開照映可愛不數日風雨摧敗殆盡意有感因效介菴體爲賦且以菖蒲綠名之丙辰歲三月三日也

山下千林花太俗山上一枝看不足春風正在此花邊菖蒲自蘸清溪綠與花同草木問誰風雨飄零速莫悲歌夜深巖下驚動白雲宿　病怯殘年頻自卜老愛遺篇難細讀苦無妙手畫於菟人間雕刻眞成鵠夢中人似玉覺來更憶腰如束許多愁問君有酒何不日絲竹

寄題三山鄭元英巢經樓樓之側有尙友齋欲借書者就齋中取讀書不借出

萬里康成西走蜀藥市船歸書滿屋有時光彩射星躔何人汗簡讎天祿好之甯有

石頭記警幻贈先生如本此但前言說已被此老先占

下半闋李杜家味佳尤易恰

是年六十八

足請看艮賈藏金玉記斯文千年未喪四壁聞絲竹　試問辛勤攜一束何似牙籤三萬軸古來不作借人癡有朋只就雲窗讀憶君淸夢熟覺來笑我便便腹倚危樓人問誰舞掃地八風曲

題趙晉臣敷文積翠巖

我笑共工緣底怒觸斷峩峩天一柱補天又笑女媧忙刼將此石投閑處野煙荒草路先生拄杖來看汝倚蒼苔摩挲試問千古幾風雨　長被兒童敲火苦時有牛羊磨角去霍然千丈翠巖屏鏘然一滴甘泉乳結亭三四五會相暖熱攜歌舞細思量古來寒士不過有時遇

丁卯歲寄題眉山李參政石林

見說岷峨千古雪都作岷峨山上石君家右史老泉公千金費盡勤收拾一堂眞石室空庭更與添突兀記當時長編筆硯日日雲煙溼　野老時逢山鬼泣誰夜持山

去難覓有人依樣入明光玉堦之下巖巖立琅玕無數碧風流不數平原物欲重吟靑葱玉樹須倩子雲筆

一枝花

醉中戲作

千丈擎天手萬卷懸河口黃金腰下印大如斗更千騎弓刀揮霍遮前後百計千方久似鬬草兒童贏箇他家偏有　筭枉了雙眉長恁皺白髮空回首那時閒說向山中友看丘隴牛羊更辨賢愚否且自栽花柳怕有人來但只道今朝中酒

喜遷鶯

謝趙晉臣敷文賦芙蓉詞見壽用韻爲謝

花庵題作荷花

暑風涼月愛亭亭無數綠衣持節掩冉如羞參差似妒擁出芙渠花發步襯潘娘堪恨貌比六郎誰潔添白鷺晚晴時公子佳人並列　休說搴木末當日靈均恨與君

花庵作芙蓉

王別心阻媒勞交疎怨極恩不甚兮輕絕千古離騷文字芳至今猶未歇都休問但千盃快飲露荷翻葉

瑞鶴仙

壽上饒倅洪莘之時攝郡事且將赴漕舉

黃金堆到斗怎得似長年畫堂勸酒蛾眉最明秀向水沉煙裏兩行紅袖笙歌擁就爭說道明年時候被姮娥做了慇懃仙桂一枝入手　知否風流別駕近日人呼文章太守天長地久歲歲上迺翁壽記從來人道相門出相金印纍纍儘有但直須周公拜前魯公拜後

賦梅

雁霜寒透幙正護月雲輕嫩冰猶薄溪奩照梳掠想含香弄粉豔粧難學玉肌瘦弱更重重龍綃襯著倚東風一笑嫣然轉盼萬花羞落　寂寞家山何在雪後園林水

花庵作南劍

從是職以記

玩結句當是旅遊之南劍州之作南州但如題作南澗者誤

奠枕樓者公知滁州時所建此云旅次則已去任矣惟考公官跡淳熙元年以後别無緣再到滁州此詞之作不能出癸巳甲午兩年也

旅次登樓作

擁　愈

邊樓閣，瑤池舊約，鱗鴻更仗誰托。粉蝶兒只解尋桃覓柳，開遍南枝未覺。但傷心冷落黃昏，數聲畫角。

南澗雙溪樓　花庵　丁

片帆何太急，望一點須臾，去天咫尺。舟人好看客，似三峽風濤，嵯峨劍戟。溪南北正遐想幽人泉石。看漁樵指點危樓，却羨舞筵歌席。　嘆息山林，鍾鼎意，倦情還本無欣戚。轉頭陳迹。飛鳥外，晚煙碧。問誰憐舊日南樓老子，最愛月明吹笛。到而今，撲面黃塵，欲歸未得。

聲聲慢

滁州旅次登奠枕樓作和李清宇韻　甲　花庵

征埃成陣，行客相逢，都道幻出層樓。指點簷牙高處，浪湧雲浮。今年太平萬里，罷長淮千騎臨秋。凭欄望，有東南佳氣，西北神州。　千古懷嵩人去，還笑我身在楚尾吳

頭看取弓刀陌上車馬如流從今賞心樂
事剩安排酒令詩籌華胥夢願年年人似
舊游

嘲紅木犀余兒時嘗入京師禁
中凝碧池因書當時所見

開元盛日天上栽花月殿桂影重重十里
芬芳一枝金粟玲瓏管絃凝碧池上記當
時風月愁儂翠華遠但江南草木煙鎖深
宮 只爲天姿冷澹被西風醞釀徹骨香
濃枉學丹蕉葉底偷染妖紅道人取次裝
束是自家香底家風又怕是爲凄涼長在
醉中

送上饒黃倅職滿赴調

東南形勝人物風流白頭見君恨晚便覺
君家叔度去人未遠長憐士元驥足道直
須別駕方展問箇裏待怎生銷殺胸中萬
卷 況有星辰劍履是傳家合在玉皇香
案零落新詩我欠可人消遺留君再三不

慶元元二年(?)

犀字下空一格 小草無鈔本作小注

住便直饒萬家淚眼怎抵得這眉間黃色
一點

檃括淵明停雲詩

停雲靄靄八表同昏盡日時雨濛濛搔首
亙朋門前平陸成江春醪湛湛獨撫恨彌
襟閑飲東窗空延佇恨舟車南北欲往何
從　嘆息東園佳樹列初榮枝葉再競春
風日月于征安得促席從容翩翩何處飛
鳥息庭柯好語和同當年事問幾人親友
似翁

稼軒長短句卷之五終　淳熙丙午吉書署

稼軒長短句卷之六

八聲甘州

壽建康帥胡長文給事時方閱折紅梅之舞且有錫帶之寵

把江山好處付公來金陵帝王州想今年燕子依然認得王謝風流只用平時尊爼彈壓萬貔貅依舊鈞天夢玉殿東頭　看取黃金橫帶是明年準擬丞相封侯有紅梅新唱香陣卷温柔且畫堂通宵一醉待從今更數八千秋公知否邦人香火夜半纔收

夜讀李廣傳不能寐因念晁楚老楊民瞻約同居山間戲用李廣事賦以寄之

故將軍飲罷夜歸來長亭解雕鞍恨灞陵醉尉匆匆未識桃李無言射虎山橫一騎裂石響驚弦落魄封侯事歲晚田園　誰向桑麻杜曲要短衣匹馬移住南山看風

流慷慨談笑過殘年漢開邊功名萬里甚當時健者也曾閑紗窗外斜風細雨一陣輕寒

雨中花慢

登新樓有懷趙昌甫徐斯遠韓仲止吳子似楊民瞻

舊雨常來今雨不來佳人偃蹇誰留幸山中芋栗今歲全收貧賤交情落落古今吾道悠悠怪新來却見文反離騷詩發秦州

功名只道無之不樂那知有更堪憂怎奈向兒曹抵死喚不回頭石卧山前認虎蟻喧牀下聞牛為誰西望憑欄一餉却下層樓

吳子似見和再用韻為别

馬上三年醉帽吟鞍錦囊詩卷長留悵溪山舊管風月新收明便關河杳杳去應日月悠悠笑千篇索價未抵蒲桃五斗涼州停雲老子有酒盈尊琴書端可消憂渾

未解傾身一飽，淅米矛頭，心似傷弓寒雁，身如喘月吳牛。曉天涼夜月明誰伴，吹笛南樓。

漢宮春

立春

春已歸來，看美人頭上，裊裊春幡。無端風雨，未肯收盡餘寒。年時燕子，料今宵夢到西園。渾未辦黃柑薦酒，更傳青韭堆盤。

却笑東風從此，便薰梅染柳，更没些閑。閑時又來鏡裏，轉變朱顏。清愁不斷，問何人會解連環。生怕見花開花落，朝來塞雁先還。

即事

行李溪頭，有釣車茶具，曲几團蒲。兒童認得前度，過者籃輿。時時照影，甚此身偏滿江湖。悵野老行歌不住，定堪與語難呼。

一自東籬搖落，問淵明歲晚，心賞何如。梅花政自不惡，曾有詩無。知翁止酒，待重教

蓮社人沽空悵望風流已矣江山特地愁余

以上四首皆嘉泰癸亥至甲子兩年中作

白石有次韵作

會稽蓬萊閣懷古

秦望山頭看亂雲急雨倒立江湖不知雲者爲雨雨者雲乎長空萬里被西風變滅須臾回首聽月明天籟人間萬竅號呼誰向若耶溪上倩美人西去麋鹿姑蘇至今故國人望一舸歸歟歲云莫矣問何不鼓瑟吹竽君不見王亭謝館冷煙寒樹啼烏

白石有次韵作

會稽秋風亭觀雨

亭上秋風記去年嫋嫋曾到吾廬山河舉目雖異風景非殊功成者去覺團扇便與人疎吹不斷斜陽依舊茫茫禹跡都無千古茂陵詞在甚風流章句解擬相如只今木落江冷眇眇愁余故人書報莫因循忘卻蓴鱸誰念我新涼燈火一編太史公書

以下三首當是淳熙四年丁酉帥隆興時作蓋公於二年乙未始官江西提刑迨馳驛載安無緣偶和及其落職家居時則景伯已前卒矣

答李兼善提舉和章

心似孤僧更茂林脩竹山上精廬維摩定自非病誰遣文殊白頭自昔歎相逢語密情疎傾蓋處論心一語只今還有公無　最喜陽春妙句被西風吹墮金玉鏗如夜來歸夢江上父老歡余荻花深處喚兒童吹火烹鱸歸去也絕交何必更脩山巨源書

畣吳子似總幹和章

逹則青雲便玉堂金馬窮則茅廬逍遥小大自適鵬鷃何殊君如星斗燦中天密密疎疎荒草外自憐螢火清光暫有還無　千古季鷹猶在向松江道我問訊何如白頭愛山下去翁定嗔余人生謾爾豈食魚必鱠之鱸還自笑君詩頓覺胸中萬卷藏書

滿庭芳

和洪丞相景伯韻　丙

傾國無媒入宮見妬古來顰損蛾眉看公
如月光彩衆星稀袖手高山流水聽羣蛙
鼓吹荒池文章手直須補袞藻火粲宗彝
癡兒公事了吳蠶纏繞自吐餘絲奉一
枝麤穩三徑新治且約湖邊風月功名事
欲使誰知都休問英雄千古荒草沒殘碑

和洪丞相景伯韻呈景盧内翰

急管哀絃長歌慢舞連娟十樣宮眉不堪
紅紫風雨曉稀稀惟有楊花飛絮依舊是

萍滿芳池酴醿在青虬快剪插遍古銅彝
誰將春色去鸞膠難覔絃斷蛛絲恨牡
丹多病也費醫治夢裏尋春不見空腸斷
怎得春知休惆悵一觴一詠須刻右軍碑

游豫章東湖再用韻

柳外尋春花邊得句怪公喜氣軒眉陽春
白雪淸唱古今稀曾是金鑾舊客記鳳凰
獨遶天池揮毫罷天顔有喜催賜尙方彝公在詞掖嘗拜尙方寶彝之賜只今江遶上鈞天夢覺

清淚如絲算除非痛把酒療花治明日五湖佳興扁舟去一笑誰知溪堂好且拚一醉倚杖讀韓碑溪堂記公所製也

和章泉趙昌父

西崦斜陽東江流水物華不爲人留崢然一葉天下已知秋屈指人間得意問誰是騎鶴揚州君知我從來雅興未老已滄州　無窮身外事百年能幾一醉都休恨兒曹抵死謂我心憂況有溪山杖屨阮籍輩須我來游還堪笑機心早覺海上有驚鷗

六么令

用陸氏事送玉山令陸德隆侍親東歸吳中

酒羣花隊攀得短轅折誰憐故山歸夢千里蓴羹滑便整松江一棹點檢能言鴨故人歡接醉懷霜橘墮地金圓醒時覺　長喜劉郎馬上肯聽詩書說誰對叔子風流直把曹劉壓更看君侯事業不負平生學

離觴愁怯送君歸後細寫茶經煮香雪

再用前韻

倒冠一笑華髮玉簪折陽關自來淒斷却怪歌聲滑放浪兒童歸舍莫惱比鄰鴨水連山接看君歸與如醉中醒夢中覺　江上吳儂問我一一煩君說忍使尊酒頻空賸欠眞珠壓手把漁竿未穩長向滄浪學問愁誰怯可堪楊柳先作東風滿城雪

醉翁操

頃余從范先之求觀家譜見其冠冕蟬聯世載勳德先之甚文而好修意其昌未艾也時覃慶勳臣子孫無見仕者命官之先是屢詔甄錄元祐黨籍家合是二者先之應仕矣將告諸朝行有日請余作詩以贈屬余避謗持此戒甚力不得如先之之請又念先之與余遊八年日從事

詩酒間意相得歡甚於其劇也何獨能超然顧先之長於楚詞而妙於琴輒擬醉翁操爲之詞以敘別異時先之縮組東歸僕當買羊沽酒先之爲鼓一再行以爲山中盛事云

長松之風如公肯余從山中人心與吾兮誰同湛湛千里之江上有楓噫送子于東望君之門兮九重女無悅已誰適爲容不龜手藥或一朝兮取封昔與遊兮皆童我獨窮兮今翁一魚兮一龍勞心兮忡忡噫命與時逢子之所食兮萬鍾

醜奴兒近

博山道中效李易安體

千峰雲起驟雨一霎兒價更遠樹斜陽風景怎生圖畫青旗賣酒山那畔別有人家只消山水光中無事過者一夏午醉醒時松窗竹戶萬千瀟灑野鳥飛來又是一

淳熙元年甲午作

花庵云作壽

般閑暇。却怪白鷗，覷着人欲下未下。舊盟都在，新來莫是，別有說話。

為葉丞相作

洞仙歌

壽葉丞相 甲 花庵

江頭父老說新來朝野都道今年太平也見朱顏綠鬢玉帶金魚相公是舊日中朝司馬　遥知宣勸處東閤華燈別賜仙韶接元夜問天上幾多春只似人間但長見精神如畫好都取山河獻君王看父子貂蟬玉京迎駕

奇師

紅梅

冰姿玉骨自是清涼■此度濃粧為誰改向竹籬茅舍幾誤佳期招伊惟滿臉顏紅微帶　壽陽粧鑑裏應是承恩纖手重勻異香在怕等閑春未到雪裏先開風流膩說與羣芳不解更揔做北人未識伊據品調難作杏花看待

丙午丁未間作

訪泉於期思得周氏泉為賦 甲

飛流萬壑，共千巖爭秀，孤負平生弄泉手。歎輕衫短帽，幾許紅塵，還自喜濯髮滄浪依舊。人生行樂耳，身後虛名，何似生前一盃酒。便此地結吾廬，待學淵明，更手種門前五柳。且歸去父老約重來，問如此青山定重來否。

浮石山莊余友月湖道人何同叔之別墅也山類羅浮故以名同叔嘗作遊山次序榜示余且索詞爲賦洞仙歌以遺之同叔頃遊羅浮遇一老人龐眉幅巾語同叔云當有晚年之契蓋僊云

松關桂嶺，望青葱無路，費盡銀鉤榜佳處。悵空山歲晚，窈窕誰來，須著我醉卧石樓風雨。　僊人瓊海上，握手當年，笑許君攜半山去。劉疊嶂，卷飛泉，洞府淒涼，又却怕先生多取。怕夜半羅浮有時還，好長把雲

煙再三遮住。

開南溪初成賦

婆娑欲舞怪青山歡喜分得清溪半篙水記平沙鷗鷺落日漁樵湘江上風景依然如此　東籬多種菊待學淵明酒興詩情不相似十里漲春波一棹歸來只做箇五湖范蠡是則是一般弄扁舟爭知道他家有箇西子

趙晉臣和李能伯韻屬余同和趙以兄弟有職名爲寵詞中頗敘其盛故末章有裂土分茅之句

舊交貧賤太半成新貴冠蓋門前幾行李看匆匆西笑爭出山來憑誰問小草何如遠志　悠悠今古事得喪椉除算四朝三又何異任掀天事業冠古文章有幾箇笙歌晚歲況滿屋貂蟬未爲榮記裂土分茅是公家世

丁卯八月病中作

賢愚相去算其間能幾差以毫釐繆千里細思量義利舜跖之分孳孳者等是雞鳴而起　味甘終易壞歲晚還知君子之交淡如水一餉聚飛蚊其響如雷深自覺昨非今是羨安樂窩中泰和湯更劇飲無過半醺而已

驀山溪

停雲竹逕初成

小橋流水欲下前溪去喚起故人來伴先生風煙杖屨行穿窈窕時歷小崎嶇斜帶水半遮山翠竹栽成路　一尊遐想剩有淵明趣山上有停雲看山下濛濛細雨野花啼鳥不肯入詩來還一似笑翁詩句沒安排處

趙昌父賦一邱一壑格律高古因效其體

飯蔬飲水客莫嘲吾拙高處看浮雲一邱

丙午丁未間作

壑中間甚樂功名妙手壯也不如人今老矣尙何堪堪釣前溪月　病來止酒辜負鸕鷀杓歲晚念平生待都與鄰翁細說人間萬事先覺者賢乎深雪裏一枝開春事梅先覺

最高樓

醉中有索四時歌爲賦

長安道投老倦游歸七十古來稀藕花雨溼前湖夜桂枝風澹小山時怎消除須殢酒更吟詩　也莫向竹邊辜負雪也莫向柳邊辜負月閑過了總成癡種花事業無人問惜花情緒只天知笑山中雲出早鳥歸遲

和楊民瞻席上用韻賦牡丹

西園買誰載萬金歸多病勝遊稀風斜畫燭天香夜涼生翠蓋酒酣時待重尋居士譜謫僊詩　看黃底御袍元自貴看紅底狀元新得意如斗大笑花癡漢妃翠被嬌

對花情味　孤　孤　前　只

無柰哭娃粉陣恨誰知但紛紛蜂蝶亂笑春遲

送丁懷忠教授入廣渠赴調都下久不得書或謂從人辟置或謂徑歸閩中矣

相思苦君與我同心魚沒雁沉沉是夢他松後追軒冕是化爲鶴後去山林對西風直悵望到如今　待不飲柰何君有恨待痛飲柰何吾又病君起舞試重斟蒼梧雲外湘妃淚鼻亭山下鷓鴣吟早歸來流水外有知音

慶洪景盧內翰七十

金閨老眉壽正如川七十且華筵樂天詩句香山裏杜陵酒債曲江邊問何如歌窈窕舞嬋娟　更十歲太公方出將又十歲武公方入相留盛事看明年直須腰下添金印莫教頭上欠貂蟬向人間長富貴地行僊

聞前岡周氏旌表有期

君聽取尺布尙堪縫斗粟也堪舂人間朋友猶能合古來兄弟不相容棣華詩悲二叔弔周公　長歎息脊令原上急重歎息豆萁煎正泣形則異氣應同周家五世將軍後前岡千載義居風看明朝丹鳳詔紫泥封

客有敗碁者代賦梅

花知否花一似何郎又似沈東陽瘦稜稜地天然白冷清清地許多香笑東君還又向北枝忙　著一陣霎時間底雪更一箇缺些兒底月山下路水邊牆風流怕有人知處影兒守定竹旁廂且饒他桃李趁少年場

用韻畣趙晉臣敷文

花好處不趁綠衣郎縞袂立斜陽面皮兒上因誰白骨頭兒裏幾多香儘饒他心似鐵也須忙　甚喚得雪來白倒雪便喚得

月來香殺月誰立馬更窺牆將軍止渴山南畔相公調鼎殿東廂忒高才經濟地戰爭場

吾擬乞歸犬子以田產未置止我賦此罵之按此題元刻作名了此從汲古閣本

吾衰矣須富貴何時富貴是危機暫忘設醴抽身去未曾得米棄官歸穆先生陶縣令是吾師　待葺箇園兒名佚老更作箇亭兒名亦好閑飲酒醉吟詩千年田換八百主一人口插幾張匙便休休更說甚是和非

上西平

會稽秋風亭觀雪

九衢中盃逐馬帶隨車問誰解愛惜瓊華何如竹外靜聽窣窣蟹行沙自憐是海山頭種玉人家　紛如鬬嬌如舞纔整整又斜斜要圖畫還我漁蓑凍吟應笑羔兒無分謾煎茶起來極目向彌茫數盡歸鴉

送杜叔高

恨如新新恨了又重新看天上多少浮雲江南好景落花時節又逢君夜來風雨春歸似欲留人　尊如海人如玉詩如錦筆如神能幾字盡殷勤江天日暮何時重與細論文綠楊陰裏聽陽關門掩黃昏

稼軒長短句卷之六終

淳熙丙午立春日書

送杜叔高

恨如新新恨了又重新看天上多少浮雲江南好景落花時節又逢君夜來風雨春歸似欲留人　尊如海人如玉詩如錦筆如神能幾字盡殷勤江天日暮何時重與細論文綠楊陰裏聽鷓鴣門掩黃昏

稼軒長短句卷之六終